Jörg Hagemann

# Die Flohmarkt-Diebe

Mit Bildern
von Rudi Schedl

Rowohlt Taschenbuch Verlag

Veröffentlicht im Rowohlt Taschenbuch Verlag GmbH,
Reinbek bei Hamburg, September 2003

Umschlag- und Innenillustrationen Rudi Schedl
Umschlaggestaltung any.way, Barbara Hanke
Rotfuchs-Comic Jan P. Schniebel

Satz Minion PostScript, QuarkXPress, 4.11
Druck und Bindung Clausen & Bosse, Leck
Printed in Germany
ISBN 3 499 21225 0

Die Schreibweise entspricht den Regeln
der neuen Rechtschreibung.

# INHALT

ro
ro
ro

# Drei durch dick und dünn

*Jörg Hagemann*
wurde 1965 in Wolfenbüttel geboren. Er studierte in Braunschweig Deutsche Literatur, Sprache und Geschichte. Sein beruflicher Weg führte ihn als Autor und Texter über Hamburg nach München, wo er mit seiner Familie lebt.

*Rudi Schedl*
wurde 1971 in München geboren. Er absolvierte ein Studium in Kommunikations-Design und Illustration an der Fachhochschule München. Er ist Diplom-Designer und Art-Director in einer Münchner Werbeagentur und Illustrator.

# 1 IMMER DIESE MARIA!

In der Friedrich-Dürrenmatt-Schule trauten sie ihren Augen kaum. Die Kinder drückten ihre Nasen an den Fensterscheiben platt und starrten aus den Klassenzimmern nach draußen. Auf den Pausenhof kam ein Polizeiauto gefahren. Mit Martinshorn und Blaulicht! Hatte irgendjemand etwas ausgefressen?

Mit quietschenden Reifen blieb das Auto stehen. Ein Polizist stieg aus, ging um den Wagen herum und öffnete die Beifahrertür.

Ein blonder Lockenkopf erschien. Ein Mädchen mit Sommersprossen kletterte heraus. Es strahlte übers ganze Gesicht und winkte den anderen Kindern wie eine kleine Königin zu.

Maria! Immer diese Maria!

Das Mädchen gab dem Wachtmeister die Hand und hüpfte fröhlich die Stufen zum Schulportal hinauf. Sie winkte den anderen noch einmal zu. Dann war sie im Schulgebäude verschwunden.

Das Polizeiauto fuhr davon. Diesmal ohne Martinshorn und Blaulicht.

Die Schüler gingen wieder auf ihre Plätze. Es gab ja auch nichts mehr zu sehen.

Nur in der 4c warteten alle gespannt auf Maria. Was sie wohl jetzt wieder für eine Extrawurst braten würde?

Endlich ging die Tür auf. «Da bin ich!», lachte Maria und stiefelte vergnügt ins Klassenzimmer.

Die anderen schauten sie an, als wäre sie das achte oder neunte Weltwunder.

Maria wippte auf den Zehenspitzen auf und ab.

«Stellt euch vor!», berichtete sie stolz und holte tief Luft. «Bei uns ist heute Nacht eingebrochen worden!»

Ein Raunen ging durch die Klasse. Dann stürmten alle mit Fragen auf Maria ein.

«Einer nach dem anderen!», mahnte Frau Neulich. Die Lehrerin ahnte längst, dass an einen normalen Deutschunterricht heute nicht mehr zu denken war.

Doch die Kinder hörten nicht auf sie. Sie plapperten munter durcheinander.

Hilfe! Maria konnte doch unmöglich alle Fragen auf einmal beantworten.

Da ertönte ein lauter, schriller Pfiff. So pfeifen konnte nur einer: Markus!

Markus war ein kräftiger Junge mit einem kurzen Stoppelschnitt. Im Ohr trug er einen goldenen Ring. Das sah sehr verwegen aus. Noch verwegener aber war seine Zahnlücke. Markus hatte nämlich bei einer Mutprobe ein Stück von seinem Schneidezahn verloren. Er war mächtig stolz darauf. Und zu etwas nütze war die Zahnlücke auch. Zum Beispiel konnte man erstklassig durch sie pfeifen.

«Ziiihiiih!», pfiff er laut und schrill, dass es durch Mark und Bein ging. «Darf ich vielleicht auch mal was fragen?», sagte er mit fester Stimme.

Mit einem Mal wurde es ganz still im Raum.

«Kennt man die Einbrecher schon? Hat man sie schon gefasst?», wollte er wissen.

Maria schüttelte ihre blonden Locken.

«Waren es viele?», fragte Markus weiter.

«Eine ganze Bande, hat die Polizei gesagt.»

«Haben die Diebe wenigstens Fingerabdrücke hinterlassen?»

«Weiß nicht. Aber von mir hat die Polizei welche genommen!» Und Maria zeigte stolz ihren rechten Daumen.

Der war ja ganz blau!

Markus winkte lässig ab. Damit konnte man ihm nicht kommen.

«Logisch», meinte er. «Wahrscheinlich haben sie gleich von der ganzen Familie welche gemacht. Damit sie die Fingerabdrücke von den Räubern identifizieren können.»

Maria nickte enttäuscht. Musste Markus denn immer alles besser wissen? Schließlich waren es ihre Einbrecher und nicht seine.

«Und? Weiß man schon was? Waren es Profi-Diebe?», erkundigte er sich gespannt.

«Natürlich waren es Profis!», erwiderte Maria empört. Langsam ging ihr Markus auf den Keks mit seiner ständigen Fragerei.

Zum Glück schritt jetzt Frau Neulich ein.

«So, genug gefragt!», sagte sie. «Zurück auf eure Plätze!»

Aber Markus konnte nicht genug bekommen.

«Eine Frage noch!», sagte er. «Was haben die Diebe eigentlich gestohlen?»

Maria zuckte zusammen.

Verlegen schaute sie zu Boden. Dann murmelte sie: «Oooch. Gestohlen. Nichts ...»

«Nichts?», brüllte die Klasse.

«Nichts?», fragte Frau Neulich.

«Nichts!», stöhnte Markus.

Maria schaute auf. «Na ja. Nichts Richtiges zumindest. Nichts, bis auf ein altes Radio, ein paar alte Platten und einen Plattenspieler. Stellt euch vor: Die kostbaren Vasen, die teuren Bilder und sogar die neue Stereoanlage – alles haben sie dagelassen!»

Alle schauten Maria mit großen Augen an.

Denn Maria hatte die reichsten Eltern der Stadt. Ihrem Vater gehörte die große Privatbank Fünfziger & Co. Und eigentlich wohnte Maria mit ihrer Familie nicht in einem Haus, sondern in einem Palast. Kaum zu glauben, dass die Diebe da sonst nichts mitgenommen hatten.

Sogar Frau Neulich hatte es die Sprache verschlagen – und das, wo sie doch Deutschlehrerin war.

Nur Markus klopfte sich vor Schadenfreude auf die Schenkel. «Nichts!», donnerte er und konnte sich gar nicht wieder einkriegen. «Wisst ihr, was? Dann waren es gar keine Profi-Diebe. Dann waren es Doofi-Diebe! Maria und die Doofi-Diebe!» Er wollte sich ausschütten vor Lachen. Und alle lachten mit.

Nur Maria blickte betreten zu Boden. Dann schlurfte sie zu ihrem Tisch. Keiner wollte ihr glauben! Wie immer glaubten sie alle nur Markus! Niedergeschlagen ließ sie sich auf ihren Stuhl plumpsen. Der Platz neben ihr blieb leer. Denn als Einzige in der Klasse hatte sie keinen Nachbarn.

Kein Wunder, dass niemand neben ihr sitzen wollte. Wenn Markus immer alle gegen sie aufhetzte.

Wahrscheinlich steckte er auch dahinter, dass neulich niemand zu ihrer Geburtstagsfeier gekommen war. Und dabei hatte sie fast die ganze Klasse eingeladen. Und keiner hatte Zeit gehabt. Kann man sich das vorstellen?

Schade, dass man Schulen nicht kaufen konnte! Dann hätte ihr Vater die Friedrich-Dürrenmatt-Schule gekauft und Markus einfach entlassen.

Doch ob sie dadurch mehr Freunde gewonnen hätte?

Denn die konnte ihr Vater schließlich nicht auch noch kaufen.

# 2 DER NEUE

Das Gute an schlechten Tagen ist, dass sie genauso schnell vorbeigehen wie gute Tage. Das Schlechte an schlechten Tagen ist, dass es einem überhaupt nicht so vorkommt. Meistens sind gute Tage blitzschnell vorbei. Und schlechte Tage kriechen so langsam dahin, als müsste man jede Minute einzeln auffordern, dass sie endlich verrinnt.

So ging es auch Maria. Der Schultag wollte einfach kein Ende nehmen. Doch der Nachmittag war schwuppdiwupp vorbei, bevor er richtig begonnen hatte. Die Fünfzigers mussten nämlich noch einmal auf die Polizeiwache, um genau zu berichten, was sie über den Einbruch wussten.

Sie wussten aber nicht viel. Und so war genug Zeit, dass ein Wachmann Maria mit seinem Dienstwagen das riesige Polizeigelände zeigte. Der Polizist hieß Krüger und war der nette Beamte von heute Morgen, der sie zur Schule gefahren hatte. Nur das Martinshorn wollte er nicht wieder anmachen. Er würde sonst eine Dienstaufsichtsbeschwerde bekommen. Und das könnte Maria doch nicht wollen.

Auch ohne Martinshorn ging der Nachmittag rasend schnell vorbei. Und ehe sich's Maria versah, lag sie schon im Bett und schlief.

Und als sie am nächsten Morgen zur Schule kam, hatten die anderen den gestrigen Vorfall schon längst vergessen.

Heute stand etwas anderes auf der Tagesordnung.

Als Frau Neulich in die Klasse kam, hatte sie einen neuen Mitschüler im Schlepptau.

Der Junge war klein. Seine schmächtige Gestalt steckte in einem viel zu weiten Hemd und einer Hose, die ihm mindestens zwei Nummern zu groß war. Aus seinem blassen Gesicht blickte ein Paar trauriger Augen durch eine hässliche Nickelbrille schüchtern in die Gegend.

Der Junge trat aus Verlegenheit von einem Bein aufs andere.

«Unser neuer Tanzlehrer!», grinste Markus.

Die anderen kicherten.

«Ruhe im Karton!», sagte Frau Neulich. «Das ist euer neuer Mitschüler Karl. Er wird für den Rest des Schuljahres in eure Klasse gehen. Karl, setz dich am besten neben Maria.»

«Neben mich? Nie im Leben!», rief Maria empört und rutschte einfach in die Mitte des Tisches.

Sie wollte zwar einen Nachbarn haben, aber doch nicht so einen!

Der Neue blieb eingeschüchtert stehen.

«Maria, mach bitte Platz!», sagte die Lehrerin streng.

Aber Maria blieb einfach in der Mitte sitzen. Von ihr aus würde sie hier Wurzeln schlagen.

In der Klasse fingen sie an zu tuscheln.

«Mach schon Platz!», murrten einige.

«Platz da!», raunten andere.

Und dann fielen alle mit ein und riefen: «Platz da! Platz da!»

Da blieb Maria nichts anderes übrig. Wütend rückte sie zur Seite – ganz weit zur Seite.

Die anderen trampelten mit den Füßen vor Vergnügen.

Mit hochrotem Kopf saß Maria die ganze Stunde neben ihrem neuen Nachbarn und sagte kein Wort.

Als es endlich zur Pause klingelte, stand sie als Erste auf und stampfte nach draußen auf den Flur.

Sie wollte keinen sehen. Sie wollte keinen hören. Und überhaupt konnten die sie alle mal gern haben.

Ganz besonders Karl, ihr neuer Tischnachbar. Brrrh! Wenn sie an den nur dachte!

Da tippte ihr jemand von hinten zaghaft auf die Schulter. Es war Karl. Ausgerechnet der! Sie musterte ihn von oben bis unten. Wie sah der denn aus? Der hatte ja Klamotten an, die von Anno dazumal waren. Wahrscheinlich trug er sie gerade von seinem Bruder auf. Und der hatte sie von seinem Vater geerbt. Und von wem der sie hatte? Nicht auszudenken! Jedenfalls sah er aus wie … Na, sie wollte lieber nicht daran denken, wie er aussah. Dazu war sie zu vornehm.

«Hallo», sagte Karl leise. «Ich bin Karl.» Und er streckte ihr seine dünne Hand entgegen, die aus einem viel zu großen verwaschenen Hemd herausschaute.

Aber Maria erwiderte bloß: «Karl. Was für ein bescheuerter Name!»

Der Junge schluckte trocken und ließ die Hand sinken. Er sagte schüchtern: «Meine Freunde nennen mich Kalli.»

«Lass mal gut sein», entgegnete Maria schroff. «Karl passt schon ganz gut!»

Aber im gleichen Augenblick tat es ihr auch wieder Leid. Denn Karl guckte ganz traurig. Und außerdem konnte er ja nichts dafür, dass sie neben ihm sitzen musste.

Gerade wollte sie etwas Nettes sagen, da geschah et-

was anderes. Ein Pfiff ertönte, und eine laute Stimme rief: «He, Vogelscheuche!»

Es war Markus! Wer sonst? Und er zeigte auf Karl.

«He, Vogelscheuche! Du kannst doch so schön tanzen. Also tanz an, verstanden?»

Karl und Maria blieben vor Schreck wie angewachsen stehen.

«Soll ich dir Beine machen?», tönte Markus.

Karl bekam es mit der Angst zu tun. Dass mit Markus nicht zu spaßen war, hatte er schnell herausgefunden. Mit gesenktem Kopf machte er sich auf, zu Markus hinüberzutrotten.

Da packte ihn Maria am Arm und zog ihn zu sich heran. «Du gehst nicht!», sagte sie.

«Vogelscheuche, tanz an!», rief Markus.

«Du gehst nicht!», beharrte Maria. Wenn sie sich erst mal etwas in den Kopf gesetzt hatte, dann gab sie so schnell nicht auf.

Da machte Markus einen Riesenschritt auf Karl zu und brüllte: «Buuuh!!!»

Karl riss sich los und lief davon. Die anderen lachten. Und Markus spottete: «Seht nur, die erste Vogelscheuche, die laufen kann!» Und dann grölte er Karl hinterher: «Lauf, Vogelscheuche, lauf!» Und da lachten alle noch viel lauter.

Nur Maria nicht. Sie zischte: «Besser eine Vogelscheuche als ein blöder Affe!»

«Wer ist hier ein Affe?», schrie Markus.

Und mit einem Mal waren alle still.

«Immer der, der so blöd fragt!», gab Maria mutig Kontra.

Markus ballte die Fäuste. «Wenn du nicht ein Mädchen wärst …», grollte er. Und man merkte, wie es in ihm kochte.

Maria wurde jetzt doch ein wenig mulmig zumute. Hatte sie es vielleicht zu weit getrieben?

Da winkte Markus lässig ab. «Wie du dich für ihn einsetzt», lästerte er. «Ihr seid mir vielleicht ein schönes Paar. Die Prinzessin und die Vogelscheuche. Dass ich nicht lache!»

Dann machte er auf dem Absatz kehrt und stolzierte in die Klasse zurück.

Maria blieb noch eine Weile stehen. Wo Karl nur blieb? Doch der ließ auf sich warten.

Die Pause ging vorbei. Es hatte längst zur nächsten Stunde geläutet. Doch wer nicht kam, war Karl.

Und er erschien auch zur dritten und zur vierten Stunde nicht.

Den ganzen restlichen Tag über blieb er spurlos verschwunden.

# 3 ZERBROCHENE FENSTERSCHEIBEN HABEN AUCH IHR GUTES

Auch am nächsten Tag kam Karl nicht wieder. Einige fanden das wohl sehr komisch.

«Jetzt hat es sich ausgetanzt!», meinte Torben – ein stämmiger, schwarzhaariger Junge, der immer wie eine Klette an Markus hing und auch sonst nur Blödsinn im Kopf hatte.

Markus lachte. Und Torben griente stolz in die Gegend.

Nur Maria bekam ein ganz schlechtes Gewissen. War sie vielleicht besser als die anderen? Immerhin hatte sie Karl noch nicht mal die Hand gegeben. Nur weil er etwas anders war und nicht so schicke Klamotten trug wie sie. Und jetzt traute er sich nicht mehr in die Schule.

Und sie war schuld!

Natürlich hatten auch die anderen mitgeholfen, Karl zu ärgern. Aber das war Maria egal. Deswegen hatte sie sich ja nicht weniger falsch verhalten. Schuld ist schuld, dachte sie. Dann fasste sie einen Entschluss.

Nach der sechsten Stunde ging sie hinauf ins Lehrerzimmer zu Frau Neulich und erkundigte sich, wo Karl wohnte.

«Das ist aber eine gute Idee», lobte die Klassenlehrerin und erklärte ihrer Schülerin bereitwillig den Weg.

Maria musste sich einige Stichworte aufschreiben. Denn da, wo Karl wohnte, war sie noch nie zuvor gewesen.

Ob sie lieber bis morgen warten sollte? Vielleicht war Karl ja nur plötzlich krank geworden. Und dann war das ganze Theater umsonst.

Das glaubst du ja selbst nicht!, sagte sie zu sich selbst und machte sich auf den Weg.

Zuerst kam sie noch durch Gegenden, in denen sie sich auskannte. Doch bald musste sie immer länger überlegen. Sie schaute auf ihre Notizen, überprüfte Straßennamen und war so mit Suchen beschäftigt, dass sie gar nicht merkte, wie ihr ein paar Gestalten in sicherem Abstand folgten.

Die Häuser, an denen sie vorbeikam, sahen immer trauriger und armseliger aus. Die Straßen wurden schmutziger. Ein staubiger Wind fegte durch die Gassen. Leere Blechdosen kullerten umher. Von den farblosen Hauswänden war der Putz abgebröckelt, und wenn einmal eine Haustür geöffnet war, blickte sie in dunkle, triste Hinterhöfe.

Durch eine dieser Türen musste sie gehen.

Die Gestalten folgten ihr.

Maria blieb mitten in einem Hinterhof stehen. Um sie herum ragten steile Hauswände in den Himmel. In welchem dieser Häuser mochte Karl wohl wohnen?

Plötzlich tippte ihr jemand von hinten auf die Schulter.

Maria fuhr zusammen.

Und dieser Jemand war Markus!

«Nette Gegend», raunte er Maria zu. «Eine Vogelscheuchengegend für unsere Vogelscheuche!»

«Du bist gemein!», antwortete Maria und drehte sich um. Sie wollte gehen.

Da geschah etwas, womit sie beide nicht gerechnet hatten.

Karl war an einem Fenster erschienen.

Darauf hatte Torben nur gewartet. Er hob einen dicken Stein vom Boden auf, holte kräftig aus und schmiss ihn gegen das Fenster. Dabei rief er: «Vogelscheuche! Vogelscheuche!»

Es gab ein heftiges Klirren. Der Stein hatte die Fensterscheibe zerschlagen.

Für eine Schrecksekunde standen sie wie vom Schlag getroffen da. Dann wussten sie, was sie zu tun hatten. Sie machten auf der Stelle kehrt und liefen davon. Torben, Markus und all die anderen.

Bis auf Maria.

Sie blieb einfach nur stehen und schaute zu dem zerbrochenen Fenster hinauf. Sie sah das erschrockene Gesicht von Karl und konnte eine ganze Zeit nicht wegsehen. Und Karl schaute zurück. Er hatte Tränen in den Augen. Doch er sagte nichts. Er stand einfach nur so da und schaute.

Endlich blickte Maria zu Boden. Dann gab sie sich einen Ruck und ging ins Treppenhaus. Unsicher klingelte sie an der Wohnungstür.

Sie hörte, wie Karl zur Tür ging. Kurz davor blieb er stehen. Und dann standen sie sich gegenüber, nur getrennt von der Tür, die Karl nicht öffnen wollte.

«Karl, mach bitte auf!», bat Maria.

Keine Antwort.

«Bitte, Karl, mach auf! Ich bin doch deine Freundin!»

Der Junge schluckte. Dann sagte er so leise, dass es Maria kaum verstehen konnte: «Du bist nicht meine Freundin!»

«Bin ich doch!»

«Bist du nicht!»

«Doch!», flüsterte Maria, und dann sagte sie: «Bitte, Kalli, mach auf!»

Endlich!

Die Tür öffnete sich einen kleinen Spalt.

«Darf ich reinkommen?», fragte Maria.

Die Tür öffnete sich ganz. Maria wollte schon eintreten. Doch sie überlegte es sich noch einmal.

Dann reichte sie Karl durch die geöffnete Tür die Hand. «Hallo, Kalli», sagte sie. «Ich bin Maria.»

«Hallo, Maria», antwortete Karl und zog sie in die Wohnung. Danach machte er die Tür hinter ihr wieder zu. Er traute sich jetzt sogar, ihr etwas länger ins Gesicht zu schauen.

Maria atmete tief durch. «Du machst es einem ja nicht gerade leicht!», sagte sie.

Karl lächelte zaghaft. Dann antwortete er: «Es ist ja auch das erste Mal, dass ich Damenbesuch bekomme!»

Und da mussten sie beide lachen.

# 4 DER GOLDENE SCHLÜSSEL

Manche Leute denken, dass Sprichwörter immer die Wahrheit sagen. Ein Sprichwort zum Beispiel sagt, dass Scherben Glück bringen. Karl stand mit Maria vor der zerbrochenen Fensterscheibe und sah überhaupt nicht glücklich aus. Vermutlich sagen manche Sprichwörter doch nicht ganz die Wahrheit.

«Ist das hier dein Zimmer?», erkundigte sich Maria vorsichtig und schaute sich um.

Der Raum war nicht größer als ihr Ankleidezimmer.

Karl nickte. Besser, er sagte ihr gar nicht erst, dass in dem Klappbett dahinten auch noch sein kleiner Bruder schlafen musste.

«Bei dir sieht es bestimmt ganz anders aus, oder?», erkundigte er sich.

Jetzt nickte Maria. Besser, sie sagte ihm gar nicht erst, dass sie eigentlich drei Zimmer für sich alleine hatte. Eins zum Schlafen, eins zum Spielen und eins zum Schularbeitenmachen. Der Ankleideraum war dabei nicht einmal mitgerechnet.

Besser, sie sagten beide eine Weile gar nichts.

Was hätten sie sich auch erzählen sollen? Im ganzen Zimmer befand sich nichts Nennenswertes, worüber sie hätten reden können. Zumindest nichts, worüber Maria mit Karl hätte reden können.

«Du? Darf ich dich mal was fragen?», sagte Maria schließlich.

Karl nickte verlegen.

«Wo sind denn deine ganzen Sachen? Ich meine Bücher, Platten und Spiele oder so?»

Doch Karl antwortete nicht.

«Hast du denn gar nichts ...» Maria verschluckte die letzten Wörter. Denn langsam wurde ihr klar, dass Karl wirklich nichts hatte, was er ihr zeigen konnte. Und es war ihr sehr unangenehm, dass sie gefragt hatte.

Karl guckte aus dem Fenster. Ihm war auch etwas sehr unangenehm: Er hatte nichts, was er Maria zeigen konnte.

Zumindest nichts, was sie irgendwie gut finden würde.

Niedergeschlagen schaute er im Zimmer umher.

Da fiel ihm etwas ein.

«Doch!», sagte er schnell. «Natürlich!»

Und dann ging er zu einem klapprigen Holzregal. Hinter zwei Büchern war eine alte Schatulle versteckt. Er hob sie stolz empor und gab sie Maria.

«Wo hast du die denn her?», fragte Maria ganz erstaunt.

«Vom Flohmarkt. Ich hab sie gestern erst gekauft. Es ist eine ganz besondere Schatulle», behauptete Karl. «Echt antik! Versuch doch mal, sie aufzumachen!»

Maria untersuchte das Kistchen von oben bis unten. Aber es war einfach nicht aufzubekommen.

«Auf den richtigen Dreh kommt's an», meinte Karl vielsagend und lächelte.

Aber wie es Maria auch drehte und wendete, die Schatulle war einfach nicht aufzubekommen.

«Lässt du mich mal?», fragte Karl.

Aber da kannte er Maria nicht richtig. Sie schüttelte trotzig den Kopf und probierte es gleich noch einmal.

Wieder drehte sie die Schatulle in den Händen. Nochmal rüttelte sie am Schloss. Dann entdeckte sie etwas, an dem sie ihr Glück noch nicht versucht hatte: den Boden. Sie drehte ihn einmal ganz herum. Es machte klick! Und der Deckel sprang auf.

Triumphierend blickte sie Karl an. Dann schaute sie in die Schatulle hinein.

«Oooh!», stöhnte sie.

Die Schatulle war leer.

«Ist das etwa alles?», fragte sie enttäuscht und wollte den Deckel wieder zuschlagen.

«Warte», meinte Karl. «Der Deckel muss offen bleiben.»

Er setzte sich ganz nahe zu Maria und nahm die Schatulle fest in beide Hände. Dann drehte er den Boden ein zweites Mal ganz herum.

Eine Zwischenwand verschwand, und ein geheimes Fach tat sich auf.

In dem Geheimfach lag ein Schlüssel!

Karl nickte Maria stolz zu. Staunend nahm sie den Schlüssel heraus, wiegte ihn in der Hand und betrachtete ihn ausgiebig.

Der Schlüssel war enorm groß und schwer. Das Schloss, in das er passte, musste riesig sein. Das Beeindruckendste aber war der goldene Griff, in den in alter Schrift die folgenden Worte eingraviert waren:

ANNO DOMINI 1683

Maria wunderte sich nicht schlecht. «Unglaublich! Und der Schlüssel war auch in der Schatulle?», fragte sie.

«Toll, nicht?» Karl freute sich über seinen großartigen Kauf und strahlte übers ganze Gesicht.

«Toll!», staunte Maria. Denn der Schlüssel allein war tausendmal wertvoller als die ganze Schatulle.

Wie Karl nur an dieses teure Stück gekommen war?

Als könnte jemand Gedanken lesen, klirrte es plötzlich laut. Und durch die zersplitterte Fensterscheibe kam ein dicker Stein geflogen.

Schon wieder! Wollte die Steineschmeißerei denn gar kein Ende mehr nehmen?

«Blöde Bande!», zischte Maria. Dann aber sah sie, dass am Stein etwas befestigt war, und hob ihn auf.

«Eine Botschaft!», flüsterte sie und sprang schnell zum Fenster. Vielleicht konnte sie den Boten noch erkennen.

Durch den Innenhof hallten schnelle Schritte. Doch vom Überbringer war nichts mehr zu sehen.

Maria drehte sich wieder um und löste den Zettel vom Stein. Er war mit einem Draht umwickelt.

Dann las sie, was auf dem Zettel stand:

ANNONÜMER BRIHF!
ES WAHR EIN IRTUHM. DER SCHLÜSEL
GEHÖHRTE GAHR NICHT ZUR ALTEN
SCHACHTEL. GIEB IHN WIDER HER!
MORGEN VOR DER SCHUHLE!
ÜBERGABE: 7 UR.
UNTER DER GEMMSBACHBRÜKE. UND WÄHE
DIHR
WENN NICHT! WIR MEINEN ES ERNST!
RRR!

Maria und Karl war ganz schön der Schrecken in die Knochen gefahren.

«Es war nur ein Irrtum», flüsterte Maria. «Der Schlüssel gehörte gar nicht zur Schatulle!»

Karl nickte enttäuscht.

Das wäre ja auch zu schön gewesen, um wahr zu sein. Endlich hatte er mal etwas, worum ihn andere beneideten, und dann hatte er es nur aus Versehen. Ob er den Schlüssel zurückgeben musste?

Er kriegte tiefe Denkerfalten auf der Stirn. Irgendetwas stimmte hier nicht!

Maria schaute ihn verwundert an. Was war denn mit Karl auf einmal los?

Karl dachte nach. Wenn er nachdachte, war das meistens kein einfaches Nachdenken. Dann war es ein tiefes, ernstes Grübeln. Und genauso ernst, wie er nachgedacht hatte, sagte er jetzt: «Mag sein, dass der Schlüssel nicht in die Schatulle gehört. Aber den Steineschmeißern gehört er jedenfalls erst recht nicht!»

Maria erkannte Karl nicht wieder. «Wie kommst du denn darauf?», fragte sie vorsichtig.

Karl kombinierte messerscharf: «Wenn er ihnen wirklich gehören würde, müssten sie keine Steine schmeißen. Und anonyme Briefe schreiben auch nicht!»

Maria überlegte kurz: Karl hatte Recht. Es war

schon merkwürdig, dass sich die Besitzer nicht persönlich bei ihm gemeldet hatten. Wer weiß, was dahinter steckt?, dachte sie und fragte: «Und was wollen wir jetzt tun?»

Doch in diesem Punkt wusste Karl auch nicht weiter. «Wir brauchen einen Plan», meinte er.

Sie schauten ratlos in der Gegend herum.

«Ich hab keinen!», gestand Maria.

Und dann grübelten sie, dass die Köpfe rauchten.

«Ich weiß was!», sagte Karl schließlich.

Maria sah ihn erwartungsvoll an.

«Ich geb einfach dir den Schlüssel!», meinte er.

«Und dann?», fragte Maria.

«Dann gehe ich morgen zur Gämsbachbrücke und sage denen, dass ich den Schlüssel gar nicht habe. Ist doch nicht gelogen!»

Maria schüttelte nachdenklich den Kopf. «Ich glaub, das ist kein guter Plan, Kalli!», sagte sie leise.

Er schluckte.

Nein, es war wirklich kein guter Plan.

Aber wusste jemand einen besseren?

# 5 EIN UNERWARTETER BESUCH

Nein, es ist wirklich kein guter Plan! Am nächsten Morgen hatte der Wecker noch nicht geklingelt, da saß Maria schon kerzengerade im Bett.

Sie hatte schlecht geschlafen. Die halbe Nacht hatte sie wach gelegen und überlegt, wie sie Karl am besten helfen könnte.

Sie hatte sich unruhig hin und her gewälzt. Einmal war sie sogar aufgestanden und im Zimmer auf und ab gegangen. Dann hatte sie sich Papier und Bleistift auf dem Nachttisch zurechtgelegt. Vielleicht kam ihr ja im Schlaf eine Idee. Man konnte nie wissen.

Aber es fiel ihr auch im Traum nichts ein. Wie, bitte schön, sollte sie Karl allein auch groß helfen?

Sollte sie etwa um sieben zur Gämsbachbrücke gehen und sagen: «He, ihr anonymen Briefekritzler, lasst mir bloß die Finger vom Schlüssel und von Karl. Sonst kriegt ihr es mit mir zu tun. Ich bin zwar einen ganzen Kopf kleiner als ihr, aber dafür hab ich den rosaroten Gürtel in Katmandu oder wie das heißt!»

Ja, wenn Markus nicht gewesen wäre. Dann hätte sie haufenweise Freunde gehabt, die sie nur hätte fragen müssen. Aber Markus musste ja immer alles kaputtmachen.

Markus! Der hätte bestimmt eine Lösung gewusst! Nur, der würde ihnen ganz bestimmt nicht helfen. Noch nicht einmal im Traum. Oder etwa doch?

Markus, ausgerechnet Markus!

Das Blatt auf dem Nachttisch war immer noch leer. Draußen wurde es bereits hell. Sie schaute auf die Uhr. Es war kurz nach sechs. In weniger als einer Stunde sollte die Schlüsselübergabe stattfinden.

Und plötzlich wusste sie, was zu tun war.

Sie sprang aus dem Bett, machte eine kurze Katzenwäsche und schlüpfte in ihre Kleider. Dann rauschte sie aus dem Haus.

«Muss los. Wir schreiben heute Mathe und wollen vorher noch üben», schwindelte sie, als ihr im Flur das Dienstmädchen entgegenkam.

Dann schwang sie sich aufs Rad und machte sich auf den Weg.

Sie trat in die Pedale, was das Zeug hielt. Vor einem schmalen Reihenhaus blieb sie stehen.

Jetzt war keine Zeit zum Überlegen mehr. Sie atmete nur noch einmal kräftig durch, dann trat sie durch die Gartenpforte auf den Hausweg und klingelte an der Tür.

Eine Frau im Morgenmantel mit Lockenwicklern in den Haaren machte auf.

«Guten Morgen!?», grüßte die Frau mit aufgedrehter Stimme.

«Guten Morgen, Frau Hammel», erwiderte Maria etwas verdutzt. «Ich wollte zu ...»

Aber weiter kam sie nicht. Frau Hammel drehte sich um und rief: «Murkel! Besuch für dich!»

Dann wandte sie sich wieder Maria zu und klagte: «Mein Murkel ist aber auch ein Langschläfer. Nie kommt er rechtzeitig aus den Federn. Immer muss ich ihn fünfmal wecken. Und dabei hab ich ihm schon tausendmal gesagt: Morgenstund hat Gold im Mund. Aber er will ja nicht hören!»

Und ohne Luft zu holen, rief sie: «Murkel, hörst du? Putz dir ja die Zähne. Und vergiss nicht, dich zu kämmen. Und steck das Hemd in die Hose. Hörst du? Da ist ein vornehmes junges Fräulein für dich!»

Ein zerzauster Kopf schaute aus einem Zimmer.

«Häääh? Bornehmef Fbäulein?»

Es war Markus.

Als er Maria sah, fiel ihm vor Schreck die Zahnbürste aus dem Mund.

«Fffffbbbbh!», stöhnte er, wie man nun mal stöhnt mit Zahnpasta im Mund.

«Guten Morgen, Murkelchen!», flötete Maria.

Sie konnte schon gemein sein.

«If heife Markus!», schimpfte Markus und rannte ins Badezimmer, um die Zahnpasta auszuspucken.

«'tschuldigung!», sagte Maria schnell. Ihr war eingefallen, dass sie Markus ja eigentlich um einen Gefallen bitten wollte. Und wenn sie zu irgendetwas überhaupt keine Zeit mehr hatten, dann zum Streiten.

Fünf Minuten später kam Markus gestiefelt und gespornt aus dem Bad.

«Also, was willst du?», fragte er und schaute Maria schräg an.

Maria holte tief Luft. Es fiel ihr nicht leicht, Markus um etwas zu bitten. Fast bereute sie es schon, überhaupt hierher gekommen zu sein.

Markus stemmte die Ellenbogen in die Hüften und wartete. «Ich höre!», drängte er.

Maria holte ein zweites Mal tief Luft. Dann gab sie sich einen Ruck und sagte: «Also gut. Ich brauche deine Hilfe.»

Gleich würde Markus sie auslachen.

Aber Markus lachte nicht. Er guckte sie nur wie ein Fragezeichen an. Das war zu viel für ihn so früh am Morgen. Er verstand die Welt nicht mehr: Maria brauchte von irgendjemandem Hilfe? Das hatte es ja noch nie gegeben! Wollte sie ihn etwa auf den Arm nehmen?

Aber jetzt ließ sich Maria nicht mehr beirren. Mutig fuhr sie fort: «Wenn ich's dir doch sage. Es ist etwas Merkwürdiges passiert. Gestern. Bei Karl!»

Markus wurde misstrauisch: «Moment mal!»,

sagte er. «Wenn du wegen der Scheibe gekommen bist. Da kann ich nichts dafür. Das hab ich nicht gewollt …»

«Nein! Nein!», unterbrach ihn Maria. «Deswegen komm ich ja gar nicht. Nun hör doch erst mal zu!»

Und dann berichtete sie ihm schnell von ihrem Besuch bei Karl und von der Schatulle mit dem goldenen Schlüssel drin. Und wie der Stein mit der Botschaft durchs Fenster geflogen war und was auf dem Zettel gestanden hatte.

Während Maria erzählte, wurde Markus immer nachdenklicher. Er horchte auf, als er hörte, dass unter der Botschaft die Buchstaben RRR! gestanden hatten. Er schüttelte den Kopf, als Maria ihm Karls Plan erklärte. Und er sprang auf, als Maria sagte: «… Schlüsselübergabe um sieben Uhr unter der Gämsbachbrücke!»

«Was für ein blöder Plan!», schimpfte er und schaute auf die Uhr.

Es war sieben Minuten vor sieben.

«Gut, dass du gekommen bist! Wir dürfen keine Zeit mehr verlieren.»

Dann fasste er Maria am Arm und zog sie hinter sich her nach draußen.

Maria wusste gar nicht, wie ihr geschah. Und auch

Markus' Mutter schaute ganz verdutzt aus ihrer Morgenwäsche.

«Wo wollt ihr denn hin, Murkel?», rief sie den Kindern nach. «Es gibt doch Kakao und Brötchen!»

«Keine Zeit!», brüllte Markus. «Wir schreiben heute Mathe und müssen vorher noch was üben.»

Da war Frau Hammel beruhigt. Denn dass Markus mal eine gute Zensur in Mathe schrieb, konnte schließlich nicht schaden.

Während sich die zwei auf ihre Räder schwangen, sagte Markus lachend: «Die Nummer zieht immer!»

«Ich weiß!», gab Maria lachend zurück.

Und dann schauten sie sich erschrocken an.

War denn das möglich? Sie lachten miteinander – und nicht übereinander wie sonst immer!

Zum Glück hatten sie keine Zeit zum Darübernachdenken. Sonst hätten sie womöglich noch gemerkt, dass sie sich eigentlich gar nicht so schlecht leiden konnten.

## 6 DIE ENTFÜHRUNG

Die Kirchturmuhr schlug sieben. Karl stand allein unter der Gämsbachbrücke und wartete. Er trat unruhig von einem Bein aufs andere und fühlte sich überhaupt nicht wohl in seiner Haut. Am liebsten hätte er sich unsichtbar gemacht. Ob es richtig war, dass er hierher gekommen war? Ob ihm die anonymen Briefeschreiber wirklich glauben würden, wenn er ihnen erzählte, dass er den Schlüssel gar nicht hatte?

Der siebte Glockenschlag war kaum verklungen, da hörte er ein knatterndes Motorengeräusch.

Erschrocken drehte er sich um.

Drei Gestalten auf Mofas kamen das Ufer entlanggescheppert.

Karl bekam es mächtig mit der Angst zu tun. Und er überlegte, ob er nicht ganz schnell weglaufen sollte.

Aber die Kerle auf den Knatterrädern kamen mit

Karacho auf ihn zugefahren. Wie Indianer auf ihren Pferden umkreisten sie ihn mit ihren Mofas. Karl konnte noch nicht mal die Gesichter erkennen, denn die Gestalten trugen schwarze Helme mit dunklen Visieren.

Außerdem spritzte so viel Sand auf, dass er bald gar nichts mehr sehen konnte. Er hörte nur das ohrenbetäubende Dröhnen der Maschinen und dazwischen das fiese Lachen der Kerle.

Plötzlich drosselten sie die Motoren.

Es wurde still.

Aus der Staubwolke kamen drei Gestalten wie Marsmenschen auf ihn zu.

Eine davon klappte das Visier hoch.

Die Gestalt sagte mit heiserer Stimme: «Also, ich höre! Wo ist der Schlüssel?»

Und die anderen zwei im Hintergrund wiederholten mit genauso rauer Stimme: «Ja, genau, Boss! Wo ist der Schlüssel?»

Und dann entstand eine gefährliche Stille.

Was sollte Karl bloß antworten?

Er wusste nicht weiter. Er wusste nur, dass sein Plan nicht gut gewesen war. Und dass er ohne den Schlüssel nie hätte hierher kommen dürfen. Doch die drei wurden immer ungeduldiger.

«Raus mit der Sprache!», drängte der Anführer.

Karl überlegte fieberhaft. Es gab nur einen Ausweg, wie er sich retten konnte. Er musste verraten, wer den Schlüssel hatte. Aber damit hätte er Maria mit hineingezogen.

Nie im Leben!, schoss es ihm durch den Kopf. Und entschlossen presste er die Lippen zusammen.

«Dann eben nicht!», sagte der Anführer und gab seinen zwei Gehilfen ein Zeichen.

Jetzt war alles zu spät.

Und es war weit und breit niemand da, der Karl helfen konnte.

Die Kirchturmuhr hatte längst sieben geschlagen.

Maria und Markus saßen wie Rennfahrer in tiefer Haltung über ihre Lenkräder gebeugt und traten kräftig in die Pedale. Doch der Gämsbach war noch ein ganzes Stück entfernt.

«Schneller!», brüllte Markus.

Maria strengte sich doppelt an. Aber sosehr sie sich auch mühte, es kam ihr vor, als würde sie im Schneckentempo dahinkriechen.

Endlich hörten sie das Plätschern des Baches. Kurz vor der Brücke hielten sie an und schauten zum Fluss hinunter. Alles war gespenstisch ruhig. Nur das Wasser gluckerte friedlich vor sich hin.

Vorsichtig schoben sie ihre Räder zum Ufer hinunter.

«Wo Karl bloß steckt?», fragte Maria ängstlich.

Markus zuckte ratlos die Schultern. Er wusste es auch nicht.

«Hier stimmt was nicht», meinte er nur und zeigte auf ein paar verdächtig frische Spuren im Sand: Eine tiefe, breite Rille schien von irgendwoher zu kommen, beschrieb einen tiefen, ausgefahrenen Kreis und lief zur anderen Seite wieder fort. In der Mitte des Kreises war ein ganzes Wirrwarr von Fußabdrücken zu sehen.

Was waren das nur für merkwürdige Spuren? Und woher kamen sie?

Sie beschlossen, dem Rätsel auf den Grund zu gehen, und verfolgten die Spur zurück. Nach ein paar Metern teilte sich die breite Rille in mehrere Rillen auf. Und die Abdrücke wurden noch deutlicher.

Markus pfiff durch seine Zahnlücke. «Radabdrücke!», wunderte er sich. «Einfach nur Radabdrücke! Man kann sogar das Profil erkennen. Vermutlich Mofas. Die Reifen sind viel zu dick für Fahrräder.» Er schaute Maria prüfend von der Seite an. «Kannst du erkennen, wie viele es gewesen sind?», fragte er.

Maria merkte, dass Markus sie auf die Probe stellen wollte. Zum Glück konnte man jetzt ganz deutlich sechs Reifenspuren erkennen. Selbstbewusst behauptete sie: «Sechs Reifen. Das macht sechs Mofas, ist doch klar!»

Markus schüttelte den Kopf. «Fast. Hast du schon mal ein Mofa mit nur einem Rad gesehen?»

Maria ärgerte sich. Zu dumm! Dass sie darauf nicht von allein gekommen war.

«Du hast Recht», gab sie zu. «Es waren drei!»

Markus nickte: «Drei Mofas. Zuerst sind sie nebeneinander gefahren. Dann hintereinander.»

Sie folgten den Radspuren wieder bis zu dem ausgefahrenen Kreis im Sand.

«Und ab hier haben sie ein paar Runden gedreht», beobachtete Markus weiter. «Dann müssen sie abgestiegen sein!» Er zeigte auf das Fußspuren-Wirrwarr im Kreis. Schnell kniete er nieder, um den Boden genauer zu untersuchen. Plötzlich schien er auf etwas zu stoßen. Aus der aufgewühlten Erde holte er ein zierliches Metallgestell hervor.

«Karls Brille!», entfuhr es Maria, und sie wurde ganz blass um die Nase.

«Bist du dir da ganz sicher?», fragte Markus erschrocken.

Maria nickte. Wenn sie sich an etwas erinnern konnte, dann an Karls hässliche Brille.

«Weißt du, was das bedeutet?», fragte Markus aufgebracht und wartete gar nicht erst die Antwort ab: «Karl war hier. Und die Mofaspuren gehören den anonymen Briefeschreibern. Erst haben sie ihn eingekreist und dann …»

Er stockte.

«Was dann?», fragte Maria ängstlich.

«… und dann haben sie ihn gefangen genommen!»

Maria schlug entsetzt die Hände vors Gesicht.

«Das ist doch nicht möglich!», flüsterte sie, als könnten die Entführer sie noch hören.

Markus aber war jetzt auf der richtigen Fährte. Er untersuchte weiter die Radabdrücke der Täter.

«Doch!», erwiderte er. «Sieh doch, hier sind sie

wieder weggefahren. Und die Spur von diesem Hinterrad ist ja zehnmal tiefer als die von den anderen Rädern. Auf diesem Mofa haben sie Karl mitgenommen. Ganz bestimmt!»

Maria wollte es nicht glauben. Sie konnte aus dem Spurenmischmasch überhaupt nichts mehr erkennen. Und Markus las darin wie in einem Buch.

«Nun sag bloß, du weißt auch noch, wer Karl entführt hat!», staunte sie.

Markus kriegte tiefe Denkerfalten auf der Stirn. «Vielleicht!», erwiderte er.

Maria sah ihn ungläubig an. «Kannst du etwa hellsehen?», fragte sie.

«Nachdenken genügt», entgegnete Markus. «Überleg mal, was wir bis jetzt wissen! Wie viele Täter sind es?»

«Drei», antwortete Maria.

«Genau. Drei Täter auf drei Mofas. Und dann haben wir noch etwas: Und auch das haben wir gleich dreimal. Und noch dazu schriftlich.»

Maria wusste nicht, worauf er hinauswollte.

«Rrrh», fauchte er und zwinkerte ihr zu.

Maria tippte sich mit dem Zeigefinger an die Stirn. Das hatte sie glatt vergessen!

«R, R und R!», rief sie. Diese Buchstaben hatten doch auf dem anonymen Brief gestanden.

Markus nickte: «Genau! Dreimal R. Wie Ralli, Rolli und Rülli.»

«Die Dreieiigen Drillinge aus der 7d!», stammelte Maria.

Wenn das stimmte! Die Dreieiigen Drillinge kannte jeder! Sie waren die größten Rüpel der ganzen Schule. Alle nannten sie nur so, weil sie unzertrennlich waren. Sie waren zweimal sitzen geblieben. Und sogar das gemeinsam.

«Außerdem sind nur die Dreieiigen so doof, dass sie einen anonymen Brief unterschreiben. Aber das ist natürlich alles nur eine Vermutung», sagte Markus und bückte sich, um etwas Sand vom Boden aufzuheben.

«Was wir brauchen, ist ein richtiger Beweis», erklärte er und steckte den Sand in die Hosentasche.

Dann wollte er sich auf sein Rad schwingen. Schließlich fing bald die Schule an.

Doch jetzt schien auch Maria nach etwas zu suchen. Sie schaute sich die Spuren noch einmal genau an.

«Warte!», bat sie und nahm einen Notizblock aus ihrer Schultasche. Dann malte sie ein paar Striche darauf.

Markus sah sie fragend an.

Doch diesmal zwinkerte Maria ihm zu. «Für später», sagte sie und war jetzt schon ein wenig aufgeregt, was Markus nachher für Augen machen würde.

Dann machten sie sich endlich auf den Weg zur Schule. Sie waren gespannt wie Flitzebogen. Ob sie die Drillinge dort treffen würden?

# 7 MARIAS PLAN

Die Schulglocke hatte geläutet. Die erste Stunde war vorüber. Maria und Markus warfen sich ein paar verstohlene Blicke zu und schlichen aus dem Klassenzimmer. Dann sprinteten sie den Gang entlang nach draußen.

Sie waren nach ihrem Ausflug zum Gämsbach fast zu spät zur Schule gekommen. Deshalb hatten sie auch keine Zeit mehr gehabt, noch nach den Mofas der Dreieiigen Drillinge zu sehen. Aber das wollten sie jetzt unbedingt nachholen.

Sie mussten nicht lange suchen. Unter einem Baum standen drei aufgemotzte Mofas. Eines davon war sogar ein Zweisitzer. Auf den Tanks standen in goldenen Buchstaben die Namen: Ralli, Rolli und Rülli.

«Das sind sie!», sagte Markus und schaute sich schnell nach allen Seiten um.

«Die Luft ist rein», meinte er und untersuchte die Mofas von oben bis unten.

Maria verfolgte gespannt jede seiner Bewegungen. Markus prüfte die Räder, schaute unter den Schutzblechen nach und suchte sogar nach Spuren unter den Ketten. Schließlich stellte er enttäuscht fest: «Nichts!»

Wütend krempelte er seine Hosentasche um und ließ den Sand, den er vom Flussufer mitgebracht hatte, auf die Straße rieseln.

«Alles umsonst!», schimpfte er. «Kein einziges Körnchen. Entweder haben sie die Kisten mit Wasser abgespritzt oder …»

«Oder was?», fragte Maria.

«Oder sie sind vorhin gar nicht am Fluss gewesen. Jedenfalls haben wir überhaupt keinen Beweis.»

«Vielleicht doch», meinte Maria und spürte vor Spannung ein ganz komisches Kribbeln im Bauch. Aufgeregt sagte sie: «Ich hab da nämlich was mitgebracht.»

Schnell kramte sie den Zettel hervor, auf dem sie vorhin am Fluss rumgemalt hatte, und legte ihn unter das Hinterrad des Zweisitzer-Mofas, wo der Name Rolli draufstand. Dann schmierte sie den Reifen mit etwas feuchter Erde ein und rollte ihn über das Papier. Sie warf einen kurzen Blick auf ihr Werk und fing plötzlich an, vor Stolz übers ganze Gesicht zu strahlen.

«Schau!», sagte sie triumphierend. Und hielt Markus das Blatt direkt unter die Nase.

Markus traute seinen Augen kaum.

Auf dem Papier waren zwei Muster zu erkennen. Beide glichen sich wie ein Ei dem anderen. Nur dass das eine aufgemalt und das andere ein echter Reifenabdruck war. Beide Muster stammten eindeutig von Rollis Mofa.

Jetzt erst kapierte Markus: Maria hatte die Spur vorhin am Strand einfach abgemalt!

«Der Beweis!», jubelte er und fügte hinzu: «Ganz schön schlau für so eine verwöhnte Göre!»

Vermutlich konnte er nie jemanden loben, ohne gleichzeitig etwas Gemeines zu sagen.

Aber Maria war auch nicht auf den Mund gefallen.

«Von wegen verwöhnt! Meine Mutter jedenfalls nennt mich nicht immer Murkel!», konterte sie.

Markus warf ihr einen schrägen Blick zu. Dann aber knuffte er sie freundschaftlich in die Seite. Ihm war wohl gerade nicht nach Streiten zumute. Immerhin hatten sie herausgefunden, wer die Täter waren. Und das hatten sie – alles in allem – gemeinsam getan.

Jetzt mussten sie nur noch dahinter kommen, wo die Dreieiigen Drillinge Karl versteckt hielten. Und befreien mussten sie ihn natürlich auch.

Aber das konnten sie unmöglich allein tun! Schließlich waren die Drillinge zu dritt und sie nur zu zweit! Deshalb fassten sie einen wichtigen Beschluss: Sie mussten so schnell wie möglich Hilfe zusammentrommeln.

Gleich in der nächsten Stunde ließ Markus vier Zettel in der Klasse herumgehen. Einer war für Torben, die anderen für drei Jungen namens Max, Fabian und Frank, den alle nur Einstein nannten, sogar die Lehrer. Denn Frank war supergut in Mathe.

Auf die vier Zettel schrieb Markus viermal das Gleiche:

ACHTUNG – STRENGE GEHEIMSACHE!
TREFFPUNKT NÄCHSTE PAUSE
AN DER TURNHALLE.

Dann lehnte er sich beruhigt zurück. Denn die vier waren nicht nur die mutigsten, sondern auch die zuverlässigsten Freunde, die er hatte.

«Entführt?», riefen Torben, Max, Fabian und Einstein wie aus einem Mund, als Markus die Katze aus dem Sack gelassen hatte.

Sie hockten im Kreis vor der Turnhalle und hörten gebannt auf jedes Wort, das Markus erzählte. Er berichtete von der Entführung, den Spuren am Fluss und dem eindeutigen Beweis, dass die Dreieiigen Drillinge die Täter waren.

Natürlich wollten die anderen auch wissen, warum Karl denn eigentlich entführt worden war.

Aber Markus wich immer wieder geschickt aus. Noch hielt er es für zu früh, sie in alles einzuweihen. Denn wer weiß: Vielleicht wollte Karl ja gar nicht, dass irgendjemand von dem geheimnisvollen Schlüssel erfuhr.

Schließlich fingen sechs Köpfe an fieberhaft zu überlegen, wie sie Karl befreien könnten.

Als Erster hatte Torben eine Idee: «Wie wär's, wenn wir die Kidnapper kidnappen?», rief er mit glänzenden Augen.

Torben durfte sich viele Krimis ansehen. Deshalb wusste er, dass entführen auf Englisch kidnappen heißt.

«Genau!», meinte auch Max und sprang dabei so schnell auf, wie man es ihm mit seinem dicken Bauch gar nicht zugetraut hätte. Ihm gefiel der Vorschlag mit dem Kidnappen offenbar ausgezeichnet: «Dann tauschen wir Karl gegen die Drillinge einfach aus. Und aus die Maus!»

Die anderen lachten. Typisch Max! Immer musste er irgendwelche lustigen Sprüche klopfen.

Nur Markus blieb ernst. «Wir haben jetzt keine Zeit für Späße!», meinte er. «Und das mit dem Kidnappen könnt ihr euch auch abschminken!»

«Warum denn?», erkundigte sich Torben ziemlich enttäuscht.

«Viel zu riskant. Wir sind doch nicht im Kino. Basta!»

Und damit war das Thema erledigt. Wenn Markus basta sagte, dann gab es kein Wenn und Aber. So viel war klar.

Also ging die Überlegerei von vorne los. Die Pause war schon fast zu Ende, da meldete sich Einstein zu Wort. Er redete oft in Rätseln. Vermutlich lag das daran, dass er der Klassenbeste in Mathe war.

«Wenn wir Karl befreien wollen, müssen wir erst mal wissen, wo sie ihn versteckt halten. Richtig?»

«Richtig!», sagten die anderen.

«Wenn wir wissen wollen, wo er versteckt ist, müssen wir ihn suchen. Richtig?»

«Richtig!», sagten die anderen.

«Und wie suchen wir ihn am besten?», fragte Einstein.

Die anderen schauten einander ratlos an.

«Nun sag schon!», drängte Markus. Langsam wurde er ungeduldig.

Einstein sagte mit stolzgeschwellter Brust: «Indem wir die Drillinge verfolgen, natürlich. Nur sie können uns verraten, wo sie Karl versteckt haben.»

Markus zog die Stirn in Falten.

«Na toll!», meinte er. «Und wie willst du die Kerle auf ihren frisierten Mofas verfolgen?»

Da wusste auch Einstein nicht weiter. Mit Mathematik konnte man wohl doch nicht jedes Rätsel lösen! Enttäuscht blickte er zu Boden. Und auch die anderen guckten nicht gerade fröhlich in der Gegend umher.

Da plötzlich stand Maria auf und sagte: «Ich wüsste vielleicht was!»

Die Jungen schauten sie verblüfft an. Damit hatten sie wohl nicht gerechnet.

«Was will die denn?», fragte Torben gehässig. «Hat die auch was zu sagen?»

Aber diesmal nahm Markus Maria in Schutz. Streng stellte er fest: «Ohne Maria wüssten wir bis jetzt nicht, wer die Entführer sind. Verstanden?»

Da wurde Torben ganz rot. Kleinlaut murmelte er: «Ist ja schon gut.»

Maria sah Markus dankbar an und sagte vorsichtig: «Mmmh. Könnten wir den Drillingen nicht einfach die Luft aus den Reifen lassen und die Ventile wegnehmen? Dann könnten sie nicht fahren und müssten schieben. Und wir könnten sie in aller Ruhe verfolgen. Hinterher können wir ihnen die Ventile ja wiedergeben.»

Die anderen schauten sie mit großen Augen an.

Markus schnalzte mit der Zunge. Und Einstein sagte voller Bewunderung: «Eine gute Idee!»

Markus stieß Torben sogar vor Freude in die Seite. «Hab ich's nicht gesagt?», lachte er. «Die ist nicht ohne!»

Und diesmal wurde Maria ganz rot. Aber nicht vor Verlegenheit, sondern vor Freude.

«Also, abgemacht!», erklärte Markus. «Nach der vierten Stunde haben wir Schluss. Dann lassen wir die Luft aus den Reifen und warten. Wenn die Drillinge abfahren, dann verfolgen wir sie.»

Die anderen nickten.

Nur Max schüttelte den Kopf und grinste: «Was heißt hier abfahren? Abschieben werden sie! Fahren können sie ja nicht mehr. Nach Haus die Maus!»

Ein Mädchen und fünf Jungen prusteten los vor Lachen.

Und damit war der Plan beschlossene Sache.

# 8 AUF HEISSER SPUR

Auftrag ausgeführt!», meldete Torben und zeigte den anderen die sechs Ventile, die er aus den Reifen der Drillinge gedreht hatte.

«Sauber!», lobte Markus und klopfte Torben auf die Schulter.

Jetzt hieß es nur noch warten. Warten, bis die Drillinge Schulschluss hatten und auf ihren Mofas nach Hause wollten.

Aber die ließen sich Zeit. Die fünfte Stunde ging vorbei und auch die sechste. Wer sich nicht sehen ließ, waren Ralli, Rolli und Rülli. Erst als alle Kinder die Schule verlassen hatten, kamen sie heraus.

Die Dreieiigen Drillinge waren stämmige Kerle und stapften mit hochgezogenen Schultern durch die Gegend, als hätten sie im Kraftwerk geschlafen. Ihren Anführer erkannte man auf den ersten Blick: Rolli hatte grün gefärbte Haare und trug immer eine Sonnenbrille, ob nun die Sonne schien oder nicht.

Die Drillinge stiefelten zu ihren Mofas. Sie warfen ein paar verstohlene Blicke nach links und rechts und starteten die Motoren. Dann schwangen sie sich auf die Sättel und wollten losfahren.

Holterdipolter machte es, und schon nach ein paar Metern sprangen die drei wieder von ihren Maschinen.

Maria und die anderen mussten sich festhalten. Sonst wären sie geplatzt vor Lachen.

Die Drillinge aber traten wütend gegen ihre Reifen. Dann fingen sie an zu fluchen.

Und es war nur zu gut, dass ihre sechs Verfolger in sicherem Abstand warteten. Sonst wären ihnen bestimmt die Ohren abgefallen!

Nachdem die Dreieiigen alle Wörter, die ihnen zum Fluchen einfielen, mindestens fünfmal geflucht hatten, mussten sie erst mal verschnaufen.

Dann schoben sie ab. Und weil sie dabei immer noch am Schimpfen waren, merkten sie gar nicht, dass sie verfolgt wurden.

Marias Plan schien aufzugehen.

Sie blieben den Entführern auf den Fersen. Hoffentlich würden die Kerle sie zum Versteck führen, in dem Karl gefangen war.

Sie waren gar nicht so lange unterwegs, da passierte plötzlich etwas Unerwartetes.

An einer Kreuzung trennten sich die Drillinge. Ralli ging nach links. Rülli trollte sich nach rechts. Nur Rolli ging weiter geradeaus.

«Was nun?», raunte Torben.

Markus überlegte nicht lange. Er flüsterte: «Wir müssen uns trennen. Torben und Fabian, ihr nehmt Ralli. Max und Einstein, ihr folgt Rülli. Maria und ich gehen geradeaus. Treffpunkt nachher an der Turnhalle. Wer zuerst kommt, wartet!»

Die anderen nickten. Mehr Zeit zum Besprechen hatten sie auch nicht. Wenn sie die Drillinge nicht verlieren wollten, mussten sie sich sputen.

Maria und Markus folgten Rolli.

«Warum nehmen wir ausgerechnet den?», flüsterte Maria.

Markus antwortete eine ganze Weile nicht. Erst als er sich absolut sicher war, dass Rolli sie nicht hören konnte, raunte er Maria zu: «Er ist der Boss! Außerdem fährt er den einzigen Zweisitzer. Nur er kann Karl mitgenommen haben!»

«Verstehe!», nickte Maria.

Wie schlau von Markus! Rolli sollte sie also zum Versteck führen. Und kaum hatte sie es gedacht, da bog Rolli auch schon in eine Schrebergartensiedlung ab. Vor einem verwilderten Grundstück mit einer hohen Hecke blieb er stehen. Er öffnete die Tür und schob sein Mofa in den Garten.

Maria und Markus warteten ein paar Sekunden. Dann schlichen sie sich an. Sie spähten durch die Hecke und sahen gerade noch, wie Rolli in einem kleinen Holzhaus verschwand.

Markus ging zur Gartentür und drückte auf die Klinke. Die Tür öffnete sich.

«Schnell!», zischte er und zog Maria in den Garten.

In geduckter Haltung rannten sie durch das hohe Gras. Sie hatten gerade das Haus erreicht, da öffnete sich die Tür, und Rolli trat nach draußen.

Schnell sprangen sie hinter die Hauswand.

Plötzlich gab es ein lautes Scheppern!

Markus war über ein paar leere Dosen gestolpert.

Rolli blieb wie vom Blitz getroffen in der Tür stehen und schaute sich nach allen Seiten um. Gerade wollte er dem Geräusch nachgehen, da hörte er schon wieder etwas. Eine Katze miaute so herzerweichend, dass er sich am liebsten die Ohren zugehalten hätte. Er zuckte die Schultern und brummte: «Blödes Vieh!» Dann machte er sich an seinem Mofa zu schaffen. Er setzte neue Ventile ein und pumpte die Reifen auf.

Markus traute sich kaum, Luft zu holen. Am liebsten hätte er Maria umarmt. Doch jede falsche Bewegung konnte verräterisch sein. Aber dass sie eine Katze nachgemacht hatte, war eine wahre Glanzleistung gewesen.

«So, das hätten wir!», hörten sie Rolli brummen.

Dann blieb es eine ganze Weile still.

Die Minuten verstrichen. Langsam wurden sie ungeduldig. Ob Rolli etwa schon wieder weggefahren war? Vielleicht war er ja nur hergekommen, um sein Mofa zu reparieren.

Plötzlich hörten sie einen lauten Schrei!

Sie zuckten zusammen. Markus raunte Maria zu: «Es kam von dort!»

Schnell zog er sie hinter sich her. Einmal halb um die Laube herum.

Sie schlichen bis zu einem Fenster, das einen Spalt geöffnet war. Rolli musste wohl vergessen haben, es zu schließen. Durch den Spalt konnten sie laut und deutlich Stimmen hören. Eine raue Stimme dröhnte: «Sooo, du willst also nicht hören! Dann nimm das!»

Und eine andere, viel hellere Stimme klagte:

«Nein, nein! Nicht noch eine!»

Karl! Das konnte nur Karl sein, dachten Markus und Maria erschrocken. Was machte Rolli bloß mit ihm? Folterte er ihn etwa?

Markus hielt es nicht länger in seiner Deckung. Mutig reckte er den Hals nach oben und spähte durch das Fenster ins Zimmer.

Als Erstes sah er Karl. Der saß in einem Schaukelstuhl und war an Händen und Füßen gefesselt.

Vor ihm stand Rolli. Er hielt ein Glas in der Hand und holte mit den Fingern etwas heraus.

Das Irgendetwas war rot und extrascharf!

Rolli schwenkte es mit einem dreckigen Grinsen warnend vor Karls Mund hin und her.

«Nicht, bitte nicht noch eine!», jammerte Karl. «Ich hasse Peperoni!»

«He, he, he!», lachte Rolli. «Dann sag mir endlich, wo du den Schlüssel hast, du kleiner Dieb!»

«Wenn ich's doch sage: Ich habe keinen Schlüssel!», schwindelte Karl tapfer. Wahrscheinlich hatte er schon mindestens zwei Gläser Peperoni schlucken müssen. Und auch dieses Glas war schon wieder fast leer. Jedenfalls standen ihm ganz schön die Tränen in den Augen.

Aber Rolli kannte keine Gnade und gab Karl gleich noch zwei Peperoni zu essen.

«Fuuuiiih, ist das scharf!», klagte Karl. «Ich habe euren bekloppten Schlüssel doch gar nicht! Lasst mich endlich gehen!»

«Das könnte dir so passen!», motzte Rolli. «Damit du dich mit dem Schlüssel davonmachst und unser Versteck ausräumst!»

Karl horchte auf. Er hatte zwar den Bauch voller Peperoni. Aber sein Kopf war bei klarem Verstand. Listig sagte er: «Aber ich weiß doch gar nicht, wo euer Versteck ist.»

Rolli merkte nichts und polterte munter weiter: «Müsstest du aber wissen! Wo doch sogar draufsteht, in welches Schloss der Schlüssel passt. Anno domestos 1683 oder so ähnlich! Kapiert?»

Karl schüttelte den Kopf.

«Mann, bist du doof!», tönte Rolli. «Schließlich gibt es nur ein Schloss in der Stadt, das so alt ist.» Plötzlich wollte er sich ausschütten vor Lachen und kicherte: «He, he, he! Schloss ist gut. Schloss ist wirklich gut.»

Dann stopfte er Karl vorsichtshalber die letzten

zwei Peperoni in den Mund und haute ihm ordentlich eins auf die Schulter. Grölend verabschiedete er sich: «Schön runterschlucken! Ich muss kurz mal weg. Und wehe, du machst einen Mucks! Dann setzt es was – darauf kannst du dich verlassen!»

Karl nickte. Doch Rolli war noch nicht fertig: «Besser, du erinnerst dich bald, wo du den Schlüssel hast. Sonst gibt's nachher noch mehr Happi-Happi. Du weißt schon! He, he, he!»

Und lachend schloss er die Tür hinter sich zu.

Drinnen atmete Karl tief durch.

Draußen holte Markus erst mal richtig Luft.

Dann wartete er, bis er das laute Knattern von Rollis Mofa hörte. Als die Motorengeräusche leiser wurden, nickte er Maria zu. Rolli war fort.

Markus machte eine Räuberleiter, und Maria kletterte auf seine Schultern. Sie stieß das angelehnte Fenster auf und schlüpfte in die Laube.

Dann reichte sie Markus die Hand und half ihm nach oben.

Als sie den dunklen Raum betraten, hörten sie ein gedämpftes Stöhnen. «Mmmh, mmmh», machte Karl mit vollem Mund. Er hatte sie durchs Fenster steigen sehen und wollte auf sich aufmerksam machen.

Aber das war gar nicht mehr nötig! Schnell befreiten sie ihn von seinen Fesseln und nahmen ihm das Pflaster ab.

Karl hatte immer noch Tränen von den letzten zwei Peperoni in den Augen. Er hatte es noch nicht fertig gebracht, sie runterzuschlucken. Jetzt spuckte er sie in hohem Bogen aus.

Platsch!, machte es, und die Peperoni landeten genau im Papierkorb.

Trotz der ernsten Lage konnte sich Markus ein Lächeln nicht verkneifen. «Hoppla!», sagte er. «Karl schießt scharf!»

Und da musste sogar Karl schmunzeln. Wenn auch ein bisschen gequält. Denn eigentlich konnte er über Peperoni nicht mehr richtig lachen.

# 9 DAS SCHLOSS VOM SCHLOSS

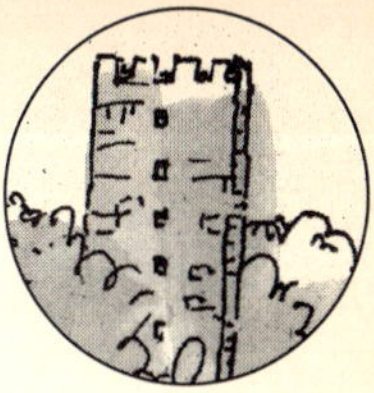

Als Maria, Karl und Markus zum Treffpunkt kamen, waren die anderen schon längst versammelt.

Natürlich waren alle froh, dass Maria und Markus so viel Glück gehabt hatten und Karl befreien konnten. Denn die Verfolgung von Ralli und Rülli war erfolglos gewesen. Die beiden hatten nur fix ihre Mofas repariert und waren dann sofort weitergedüst. Wohin, konnte natürlich keiner wissen. Denn auf ihren Mofas waren die zwei Drillinge viel zu schnell, als dass ihnen irgendwer hätte folgen können.

Karl schüttelte Max, Einstein und Fabian gerührt die Hand. Schon in der Laube hatte er sich tausendmal bei Maria und Markus für die Rettung bedankt.

Und als er jetzt erfuhr, wer ihm noch alles hatte helfen wollen, wurde er ganz verlegen.

Torben schaute etwas kleinlaut zu Boden, als Karl vor ihm stand. Er stammelte:

«Das mit dem Fenster tut mir echt Leid. Ehrlich!

Ich konnte doch nicht wissen, dass es gleich kaputtgeht.»

Und er streckte Karl die Hand entgegen.

Karl überlegte kurz. Eigentlich hätte er Torben jetzt so richtig die Meinung sagen können. Tat er aber nicht. Er war viel zu froh, dass ihm die anderen geholfen hatten.

Also schlug er ein. Und so schüttelten sich die beiden Jungen erleichtert die Hände. Konnte es vielleicht sein, dass die zerbrochene Fensterscheibe im Nachhinein doch noch etwas Gutes hatte? Vielleicht müssen Scherben ja nicht immer sofort Glück bringen. Vielleicht kann die Wirkung auch später kommen. Vermutlich kommt sie meistens dann, wenn man gerade nicht daran denkt!

Jetzt zumindest war Karl fast glücklich, dass ihn die Dreieiigen Drillinge entführt hatten. Auch wenn sie ihn bald fieberhaft suchen würden, weil sie ja unbedingt ihren Schlüssel zurückbekommen wollten.

Aber davor hatte er gar keine große Angst mehr. Denn jetzt hatte er Freunde. Und die würden ihm vielleicht auch ein zweites Mal helfen, wenn er sie darum bat.

Doch da brauchte er gar nicht lange zu bitten.

Während er so überlegte, wurden die anderen immer neugieriger.

Als Erster gab sich Fabian einen Ruck.

Fabian war der Sohn vom Geschichtslehrer Kuntze. Er strich sich seine langen braunen Haare aus dem Gesicht und stellte Karl die entscheidende Frage: «Du, sag mal! Warum haben dich die Drillinge eigentlich entführt?»

Die anderen sahen Karl erwartungsvoll an. Auch Maria und Markus guckten ganz gespannt. Ob Karl sein Geheimnis verraten würde?

Doch Karl zögerte keine Sekunde. Er war stolz darauf, sein Geheimnis mit den anderen zu teilen.

Er holte tief Luft und fing an zu erzählen: Wie er die Schatulle von den Dreieiigen Drillingen auf dem Flohmarkt gekauft hatte. Und dass darin der Schlüssel versteckt gewesen war, den die Dreieiigen nun unbedingt zurückhaben wollten. Er berichtete von der anonymen Botschaft und seinem Plan, Maria den Schlüssel zu geben und die Drillinge zu täuschen. Ein bescheuerter Plan war das gewesen! Deshalb hätten sie ihn auch gefangen und ständig mit feurigen Peperoni gefüttert. Zum Glück hätten ihn Maria und Markus befreit. Aber vorher hätte er Rolli noch ausgehorcht und etwas enorm Wichtiges herausgefunden.

«Was?», fragten Max, Fabian, Einstein und Torben wie aus einem Mund.

Karl hüpfte vor Freude von einem Bein aufs andere. Dann platzte er heraus: «Der Schlüssel gehört zu einem geheimen Versteck! Und das Versteck ist mit einem Schloss verriegelt. Und das Schloss ist aus dem Jahr 1683.»

Die anderen warfen ihm völlig verständnislose Blicke zu.

Selbst Markus konnte mit alledem nicht viel anfangen.

«Das ergibt doch alles keinen Sinn», meinte er. «Oder?»

Alle schüttelten ratlos den Kopf. Auch Karl wusste nicht mehr weiter. Denn normalerweise standen auf Schlössern keine Jahreszahlen!

Sogar Markus ließ den Kopf hängen.

Doch gleich schaute er wieder auf und grinste breit: «Es sei denn …»

«Ja?», fragte Karl schüchtern nach.

«Es sei denn, das Schloss ist gar kein Schloss, sondern …»

«Was?», riefen jetzt alle aufgeregt durcheinander.

«… sondern ein Schloss!», meinte Markus und sah sechs aufgerissene Münder.

Wahrscheinlich hielten ihn jetzt alle für völlig übergeschnappt. Deshalb fügte er schnell hinzu: «Kein Schließschloss! Ein Burgschloss, natürlich!»

Bei sechs Kindern konnte man sechs Groschen fallen hören.

«Du meinst», stammelte Karl erstaunt, «das Schloss ist gar kein Schloss, sondern eine Burg?»

Markus nickte und meinte: «Von 1683! So ergibt alles nämlich einen Sinn.»

Da jubelte Fabian plötzlich laut auf: «Und ob das einen Sinn ergibt!», brüllte er. «Hier gibt's nur ein Schloss, das so alt ist. Und das ist die Burgruine Ritterschlag!»

Und er zeigte mit dem Finger auf einen dicht bewaldeten Berg ganz in der Nähe. Zwischen grünen Wipfeln ragte eine alte Burgruine empor. Sie war ziemlich verfallen. Nur ein Turm stand noch da und um ihn herum ein paar Mauerreste.

Fabian kriegte sich kaum wieder ein. In einem fort beteuerte er: «Mein Vater hat doch dieses Gemälde mit der alten Burg. Da steht es ganz deutlich drauf: Burg von und zu Ritterschlag. Anno Domini 1683.»

Aber die anderen glaubten ihm schon längst. Am liebsten wären sie sofort hingefahren. Besonders Torben drängte gleich zum Aufbruch. Nur Markus behielt wie immer einen kühlen Kopf.

«Nichts da!», befahl er. «Viel zu gefährlich. Bestimmt sind die Kerle schon da und bewachen ihr Versteck.»

Torben konnte nur schwer einsehen, dass Markus Recht hatte: «Hat jemand einen besseren Plan?», nörgelte er.

Aber Markus winkte nur ab und erklärte: «Es wird uns wohl nichts anderes übrig bleiben, als nachts zur Burg hinaufzusteigen.»

Er schaute herausfordernd in die Runde: «Wer genug Mumm hat, der meldet sich!»

Sechs Hände schnellten in die Höhe.

«Dachte ich mir!», meinte er zufrieden. «Leider

können wir nur zu dritt gehen. Sonst wecken wir ja die halbe Stadt auf. Maria, Karl und ich schleichen heute Nacht um Mitternacht zur Burg. Die anderen …»

Torben, Einstein, Max und Fabian protestierten lautstark.

Aber Markus blieb hart und erklärte: «Ihr habt die schwerste Aufgabe. Ihr behaltet die Burg im Auge. Wir nehmen nämlich unsere Taschenlampen mit. Und ihr haltet Wache. Zu zweit. Max mit Einstein. Torben mit Fabian. Sobald wir in Gefahr sind, blinken wir SOS. Also passt gut auf und schlaft bloß nicht ein! Bei SOS ruft ihr sofort die Polizei. Ist nämlich alles schon riskant genug. Verstanden?»

Die vier nickten widerwillig. Zu gerne wären sie mitgekommen. Aber dass jemand Wache halten musste, war jedem von ihnen klar. Sogar Torben.

Markus klärte noch schnell alle Einzelheiten und verabredete mit Karl und Maria einen Treffpunkt für heute Nacht. Am Tor zum Schlossgarten wollten sie zusammenkommen.

Zum Schluss verglichen sie noch einmal die Uhren. Dann verabschiedeten sie sich.

Schließlich mussten sie heute früh schlafen gehen. Denn der nächste Tag begann um Mitternacht.

# 10 GEISTERSTUNDE!

Die Kirchturmuhr schlug zwölf.

Zweimal zwei Kinder hatten an den Fenstern ihrer Zimmer Stellung bezogen und spähten in die Nacht hinaus.

Im Haus von Geschichtslehrer Kuntze warteten Fabian und Torben, dass draußen irgendetwas passierte. Im Zimmer von Max beobachteten Einstein und Max die alte verfallene Burg von und zu Ritterschlag. Sie sah im Licht des Vollmonds noch geheimnisvoller aus als sonst.

Je länger die vier nach draußen in die Nacht schauten, umso mehr waren sie froh, dass sie sich jetzt nicht auf den Weg zur Schlossruine machen mussten.

Wie Maria, Karl und Markus!

Die drei standen vor dem großen Eisentor zum alten, ganz verwilderten Schlosspark und lasen, was auf einem großen Schild an einem der Türflügel zu lesen stand:

«Und nun?», fragte Karl ängstlich.

War der nächtliche Ausflug schon zu Ende?

«Pah!», sagte Markus nur und drückte mit aller Kraft gegen das Tor.

Mit einem lauten Quietschen sprang es auf!

«Wir sind auf der richtigen Spur», meinte er. «Das Schild ist eine Attrappe. Bestimmt haben es die Drillinge gemalt. Wer sonst könnte so viele Fehler in vier Wörtern machen!»

Dann winkte er, und die drei Freunde verschwanden im Dunkel des wild bewachsenen Schlossgartens. Ein ausgetretener Schotterweg führte steil nach oben.

Markus ging mutig voraus. Die anderen beiden folgten. Irgendwie fühlten sie sich in Markus' Nähe sicher. Wenn sie gewusst hätten, dass der vor Angst selbst ganz blass war! Zum Glück konnte man es nicht sehen. So hatte die Dunkelheit auch ihr Gutes.

Plötzlich schaute der Vollmond hinter einer dicken Wolke hervor. Das fahle Mondlicht flackerte, als wollte es Geister, Gnome und sonstige Wesen aus ihren Verstecken locken.

Und fast sah es so aus, als würden die Geister auch tatsächlich kommen!

Neben dem Schotterweg tauchten graue Gestalten auf: Ein Ritter ohne Kopf. Ein Musikant, dem der linke Arm fehlte. Und eine Prinzessin, die nur noch ein Bein hatte.

Maria und Karl fingen an zu zittern wie Espenlaub.

«Ich glaube, hier spukt's!», stotterte Karl.

Und Maria hakte sich ängstlich bei Markus unter.

Der versuchte sie zu beruhigen.

«Bloß keine Angst zeigen. Geister erscheinen nur denen, die sich vor ihnen fürchten. Das hier sind doch alles nur Denkmäler. Riesengroße Steinpuppen. Seht nur!»

Und zum Beweis trat er gegen die steinerne Prinzessin.

O je! Das hätte er nicht tun sollen! Die Prinzessin ächzte und stöhnte. Mit einem lauten Knirschen fing sie an zu wanken. Dann kippte sie ganz langsam, fast wie in Zeitlupe, von ihrem Sockel.

Rummms!, machte es, und die Prinzessin landete unsanft auf dem Kiesweg!

Fast hätte sie die drei Freunde getroffen. Aber die rannten schon, was das Zeug hielt – den ganzen langen Schotterweg bis hinauf zur Burg.

Vor einer hohen Mauer blieben sie schließlich keuchend stehen. Die Wand ragte bis in den schwarzen Nachthimmel hinauf. Und als sie genau hinschauten, merkten sie, dass sie vor einem Turm standen. Das musste der Turm von Schloss Ritterschlag sein!

Jetzt war natürlich keine Zeit mehr zum Verschnaufen. Schnell gingen sie um den Turm herum und leuchteten dabei mit ihren Taschenlampen jeden Winkel aus.

Sie waren noch nicht halb herumgekommen, da raunte Maria den anderen zu: «Hier! Hier muss es sein!»

Und sie strahlte mit ihrer Taschenlampe auf eine verrostete Eisentür, über der in verwitterter Schrift die Worte in den Stein gemeißelt waren:

Sie waren am Ziel!

Ein paar Sekunden standen sie sprachlos vor der verschlossenen Tür. Dann holte Maria den großen Schlüssel hervor und überreichte ihn feierlich Karl.

«Nimm du ihn!», sagte sie. «Es ist dein Geheimnis.»

Das ließ sich Karl nicht zweimal sagen! Er nahm den Schlüssel, ging zur Tür und wollte das Schloss entriegeln.

Krrrkk!, machte es, und mit einem lauten Knirschen drehte sich der Schlüssel ganz langsam im Schloss. Die anderen beiden schauten Karl gespannt zu.

Zweimal musste er den Schlüssel ganz herumdrehen, dann ging es nicht mehr weiter.

Ob das Schloss jetzt offen war? Karl drückte die rostige Klinke hinunter und wollte die Tür aufstoßen. Doch die Tür bewegte sich keinen Millimeter. Sie blieb einfach zu!

«Sie klemmt!», raunte Markus.

«Versuchen wir es gemeinsam!», schlug Maria vor.

Und so drückten und zerrten sechs Hände an der alten verrosteten Tür. Längst hatten sie ihre Taschenlampen auf den Boden gelegt und versuchten

nach Leibeskräften, die Tür zu öffnen.

Da endlich bewegte sich das schwere Eisentor und knirschte in den Angeln.

«Alle zugleich!», rief Markus. «Eins, zwei und …»

«Drei!», donnerte ein laute Stimme hinter ihnen.

Maria, Karl und Markus fuhren zusammen. Aber sie hatten gar keine Zeit, sich zu besinnen. Mit Wucht wurden sie gegen das Tor gedrückt. Dann quietschte es laut und schrill. Die Tür gab nach. Maria, Karl und Markus stürzten in einen dunklen Raum und landeten unsanft auf einem kalten steinigen Boden.

Hinter sich hörten sie einen lauten eisernen Knall.

Die Tür war wieder zugeschlagen.

Knrrk! Knrrk!, machte es.

Jemand drehte den Schlüssel zweimal im Schloss herum.

Sie waren gefangen!

Von draußen hörten sie ein fieses Lachen. Eine raue Stimme dröhnte: «He, he, he! Haben wir euch endlich! Ihr Einfaltspinsel!»

Und zwei andere Stimmen tönten: «Ja, genau, Boss! Jetzt haben wir sie!»

Es gab nur drei, die so lachten. Und das waren Ralli, Rülli und Rolli: die Dreieiigen Drillinge!

Vermutlich hatten sie Karls Flucht entdeckt und ihn schon längst bei ihrem Versteck erwartet.

Rolli schien seinen Triumph so richtig zu genießen: «Diesmal entkommst du uns nicht so leicht!», rief er. «Und deine zwei sauberen Freunde auch nicht!»

Und die zwei anderen Drillinge antworteten: «Ja, genau, Boss!»

Und dann setzten sie sich auf ihre Mofas und fuhren laut grölend um den Turm herum.

Drinnen saß Maria, Karl und Markus der Schreck noch ganz schön in den Gliedern. Um sie herum war es stockdunkel. Und zu allem Unglück hatten sie ihre Taschenlampen nicht mehr dabei. Die hatten sie nämlich draußen liegen lassen.

Sie saßen ganz schön in der Tinte.

# 11 SOS

Als sich ihre Augen allmählich an die Finsternis gewöhnt hatten, beschlossen sie, einen Erkundungsgang durch den Turm zu machen.

Vorsichtig tasteten sie sich eine steile Wendeltreppe nach oben.

Ab und zu kamen sie an einer kleinen Luke vorbei. Dann schien das Mondlicht in den Treppengang. Durch eine der Luken konnte man die Lichter der Stadt erkennen.

Markus schimpfte leise vor sich hin: «Wenn wir nicht unsere Lampen verloren hätten, könnten wir jetzt SOS nach unten blinken. So ein Pech aber auch!»

So blieb ihnen nichts anderes übrig, als immer weiter nach oben zu steigen.

Je höher sie kamen, umso heller wurde es.

Nach unzähligen Stufen mündete die Treppe in einen kleinen Raum. Hier waren die Wände voll mit

Luken. Vermutlich waren es so etwas wie Schießschächte, durch die vor langer Zeit die Burg einmal verteidigt worden war. Jetzt drang durch sie das Licht des Vollmonds nach drinnen.

Die drei Freunde schauten sich um. Wo waren sie denn hier gelandet? Der Raum war voll gestopft mit den merkwürdigsten Dingen! Da war zunächst einmal eine ganze Menge nutzloser Trödelkram: alte Bilder, Zinntöpfe und Blechteller. Dann gab es eine Ecke, wo Toaster, Mikrowellen, Küchenuhren und Brotschneidemaschinen herumstanden. Auch Plattenspieler, Radios und sogar ein Fernseher waren vorhanden.

Plötzlich schrie Maria auf: «Das ist ja unser Plattenspieler! Und da! Das sind unsere Platten. Und das Radio steht gleich daneben!»

Markus hielt gerade eine hässliche Nachttischlampe in den Händen. Aber die leuchtete natürlich nicht, weil ihr der Strom fehlte. Schnell stellte er sie zur Seite und fragte: «Waaas? Träumst du?»

Maria schüttelte heftig den Kopf und zischte: «Seh ich so aus? Ich kenn doch unsere Sachen!»

Markus überlegte eine Sekunde. Seine Stirn kriegte tiefe Denkerfalten. Er dachte daran, wie Maria vor ein paar Tagen von der Polizei zur Schule gefahren wurde, und sagte nachdenklich: «Dann ist bei euch

also doch eingebrochen worden! Und ich dachte, das ist nur wieder so ein Tick von dir!»

Maria war fast beleidigt. Trotzig erwiderte sie: «Hab ich doch gesagt! Aber ihr wolltet mir ja nicht glauben!»

In Markus' Kopf arbeitete es auf Hochtouren. Das ganze Rätsel war für ihn wie ein Puzzle. Und in Gedanken setzte er ein Teil nach dem anderen zusammen. Langsam verschwanden die Denkerfalten von seiner Stirn, und sein Gesicht hellte sich auf. Er hatte das Rätsel gelöst!

«Der Fall ist sonnenklar!», kombinierte er. «Die Dreieiigen sind die Einbrecher. Und dieses Zimmer hier ist ihr Versteck.»

Maria verstand nicht die Bohne: «Was wollen die mit dem Kram? Den will doch kein Mensch haben!»

Doch Markus winkte lässig ab: «Das ist doch gerade der Trick!», erklärte er. «Warst du etwa noch nie auf dem Flohmarkt? Da wirst du doch alles los! Ohne dass einer wissen will, woher du das Zeug hast. Also, wenn ihr mich fragt – die sind ganz schön schlau, die Drillinge.»

Jetzt endlich hatte Maria verstanden! Die Drillinge klauten keine wertvollen Sachen. Sie klauten lieber kleine, unbedeutende Dinge, die oft gar nicht erst vermisst wurden. Dann verscheuerten sie alles auf dem Flohmarkt. Dort hatte schließlich auch Karl die Schatulle her.

Die Dreieiigen Drillinge hatten nur einen Fehler begangen. Sie hatten den Schlüssel in der Schatulle versteckt und vergessen, ihn wieder herauszunehmen. Zu dumm, dass sie die Schachtel ausgerechnet an Karl verkaufen mussten!

Karl! Wo steckte eigentlich Karl?

Er kniete mitten zwischen zwei Radios, einem Plattenspieler und der alten hässlichen Nachttischlampe.

«Was machst du denn da?», fragte Maria ärgerlich.

«Wir lösen die kniffligsten Fälle, und du bastelst an unserem alten Radio herum! He! Du machst es ja kaputt!»

Auch Markus schien für die nächtliche Bastelstunde wenig Verständnis zu haben. «Kannst du mir mal sagen, was du da machst?», fragte er streng.

Aber Karl ließ sich nicht aus der Ruhe bringen. Er schloss noch schnell zwei Kabel aneinander, dann legte er einen Schalter um.

Das Radio fing an zu spielen.

«Muuusiiiiik?», riefen Maria und Markus wie im Chor. Karl schüttelte den Kopf. «’tschuldigung!», sagte er und drückte auf einen anderen Knopf.

Die Musik ging aus. Doch dafür fing die Nachttischlampe an zu leuchten.

«Licht!», sagte er.

Und dabei strahlte er übers ganze Gesicht. So sehr, dass sie vielleicht die alte Lampe gar nicht gebraucht hätten.

Maria und Markus jubelten – natürlich ganz leise, denn unten bewachten ja noch die Drillinge das Versteck.

Als die beiden sich wieder eingekriegt hatten, fragte Markus vorsichtig: «Und wenn du sie ausmachst, kriegst du sie dann auch wieder an?»

Karl drückte einmal auf den Knopf.

Die Lampe ging aus.

Karl drückte ein zweites Mal auf den Knopf.

Die Lampe ging wieder an.

«Genial!», staunte Maria.

Karl hatte aus ein paar elektrischen Geräten und einer Radiobatterie doch tatsächlich eine erstklassige Lichtblinkanlage gebastelt!

Markus klopfte ihm begeistert auf die Schulter. Das hätte er Karl nie und nimmer zugetraut!

«Worauf warten wir noch?», raunte er ihm zu.

Und schon hatten sie ihre Lichtblinkanlage zu einer der Luken gebracht, aus der man die Stadt sehen konnte.

Denn von dort, wo man die Stadt sehen konnte, musste man auch von der Stadt aus gesehen werden.

Karl prüfte noch einmal die Kabel. Dann kam der spannende Augenblick:

Er drückte den Knopf.

Die Lampe ging an! Schnell blinkte er drei kurze Lichtsignale. Danach schien er sich Zeit zu lassen und schickte drei lange Signale nach unten. Darauf ließ er wieder drei kurze Zeichen folgen.

Vier Jungen unten in der Stadt erkannten es sofort.

Sie hatten die ganze Nacht gezittert und gebangt, dass dieses Signal nicht kommen würde. Doch jetzt war es da:

**S O S !**

Sie schauten vorsichtshalber noch einmal hin. Da war es schon wieder!

**S O S !**

**S O S !**

Das bedeutete Gefahr!

Schnell spurteten sie zum Telefon.

Und so kam es, dass die Polizei in dieser Nacht zwei Anrufe bekam – zwei Anrufe für ein und denselben Fall.

Einen von Max und einen von Fabian. Aber das machte fast gar nichts. Denn doppelt hält bekanntlich besser!

## 12 AUSGESPUKT!

Schauen wir uns den Spuk mal an!», knurrte Wachtmeister Krüger und knallte den Hörer auf die Gabel. Die Nachtschicht hatte ja gut begonnen. Gähnend schaute er aus dem Fenster. Doch gleich war er hellwach.

«Macht schnell!», rief er seinen Kollegen zu.

Oben von der alten Burg Ritterschlag wurde tatsächlich ein SOS gesendet.

Vier Polizisten sprangen in ihre Wagen. Dann fuhren sie mit Blaulicht durch die Straßen.

Als sie zum Schlossgarten kamen, machten sie das Licht ihrer Autos aus. Ganz leise lenkten sie die Wagen den Schotterweg hinauf zur Burgruine.

Oben beim Turm fuhren die Dreieiigen Drillinge auf ihren Maschinen noch immer wie die Wilden in der Gegend herum.

Sie hatten gar nicht gemerkt, dass die Polizei gekommen war. Und als sie es merkten, war es zu spät.

Ehe sie sich's versahen, saßen sie im Polizeiauto und wurden auf die Wache gebracht.

Wachtmeister Krüger hatte inzwischen die Tür zum Turm öffnen lassen.

Er wurde bereits erwartet. Maria, Karl und Markus führten ihn schnell hinauf in die Räuberhöhle der Drillinge.

«Schau an, schau an!», sagte er nur, als er das Diebesgut sah. «Ihr müsst mir unbedingt erzählen, wie ihr das herausgefunden habt.»

Die drei Freunde plapperten wild durcheinander.

Herr Krüger lächelte.

«Nicht jetzt. Nicht jetzt!», sagte er. «Für heute Nacht hat sich's ausgespukt! Erst mal bringen wir euch nach Hause. Wir treffen uns noch früh genug wieder!»

Und dabei guckte er so streng, dass keiner zu widersprechen wagte.

Wachtmeister Krüger sollte Recht behalten. Schon am nächsten Vormittag trafen sie sich alle wieder.

Maria, Karl und Markus hatten schulfrei bekommen, damit sie sich erst mal so richtig ausschlafen konnten. Kein Wunder nach der aufregenden Nacht auf Burg Ritterschlag!

Jetzt saßen sie auf der Polizeiwache und verdrückten eine Portion Eis nach der anderen.

Sie hatten schon ziemliche Eisbäuche. Aber das machte fast gar nichts. Denn der Wachtmeister wollte alles ganz genau wissen. Und vom Erzählen bekam man schließlich einen trockenen Hals.

Endlich hatte Herr Krüger genug gehört. «Sehr schön. Sehr schön», meinte er. «Will noch jemand eine Portion Eis?»

Die Kinder schüttelten satt die Köpfe.

«Dachte ich es mir doch», sagte er und erhob sich von seinem Stuhl. Er stützte sich mit den Händen

auf seinen mächtigen Schreibtisch und sah den Kindern fest in die Augen.

«So!», sagte er. «Und jetzt habe ich noch eine Überraschung für euch!»

Er machte eine Schublade auf und holte ein Bündel mit Geldscheinen hervor.

«Auf die Ergreifung der Täter wurde nämlich eine Belohnung ausgesetzt», erklärte er. «Es ist nicht viel. Aber auch nicht gerade wenig. Tausend Mark!»

Die Kinder kriegten die Münder gar nicht wieder zu.

«Na, na!», meinte der Wachtmeister. «Sagt mir lieber, was ihr mit dem Geld machen wollt!»

Markus erholte sich als Erster von dem Schrecken.

«Oooch», meinte er nachdenklich. «Wir müssen da noch so eine klitzekleine Fensterscheibe kaufen.»

Maria nickte.

Und Karl schaute seine neuen Freunde dankbar an. Eine kleine Zentnerlast war ihm gerade vom Herzen gefallen.

Jetzt konnte die ganze Geschichte wirklich noch ein gutes Ende nehmen.

Nur Markus hatte noch eine Frage: «Herr Krüger?», erkundigte er sich. «Von wem kommt eigentlich die Belohnung?»

Doch der Wachtmeister schmunzelte nur und sagte: «Das wird vorerst nicht verraten!»

Und das war auch gut so. Denn damit wären die drei Freunde gleich im nächsten Abenteuer gelandet.